U0017637

琴與 艾蜜膩

慾望  女醫

Nikumon

遠流出版公司

目
Contents
次

Part 1 令人臉紅心跳的醫學知識 12

低調腐女求生記——摸摸

　　本業漫畫家，副業小勃本……欵不是，是小薄本作家，白天當住院醫生真的只是順便，佛手拯救醫院病人的同時也順便以自身的萌讓病人集體放棄治療。這篇推薦要給親愛的內褲萌，以下簡稱內褲（不要亂簡稱）。

　　內褲跟我邀推薦時說要 500 字，我道：「爆你的料應該就佔掉 450 字了。」但不要以為我是想混字數啊！

　　可別小看「爆料」這檔事，「爆料」對於腐女來說就是一個「備料」的概念，一旦別人幫你把料備好了、素材準備好了，我們就開始準備萌了。這部分可以算是這本書的主要精神（ＢＬ＆萌）啊！慾望女醫之所以能成為慾望女醫是需要靠萌素材來獲得能量的。也就是說，其實去掉「醫」這個字，我們也是能成為這本書的主角啦……但因為光是醫這個字就很難達成，所以琴與艾

蜜膩的誕生和存在更顯得彌足珍貴啊！就像內褲如果去掉什麼東西也能成為本書主角一樣，因為他就是個腐男啊！（造謠）由腐男來畫腐女的故事真是再適合也不過。

另外，我還沒有說如果爆他和刺青哥的料會佔掉 45000 字呢（欸太多）。

想當初結識內褲的經過根本是他自己咚咚咚咚的送上門來，沒見過這麼笨的受啦（摸哥認證）。不過雖然他在處理自己身體的這方面很笨，但也許他最聰明的地方就是在畫小薄本這方面吧！看著魔性帶感的琴與艾蜜膩，我覺得自己走在萌大奶和百合的道路上一去不復返，你要說這份天賦是什麼……簡直與生俱來的才華。

摸哥

仙界大濕

　　還記得小時候的我對醫師印象不外乎就是邪惡、拿刀、各種手術器材的怪叔叔，每次看病時都很害怕醫師會拿出手術刀對我開腸剖肚。

　　看了這本書後，忽然覺得如果這本書提早出現個 15 年就好了，裡面各種搞笑與幽默的元素在，又能教育大家對於醫學的相關知識。讓小朋友們對於醫師這個職業不再有幻想與恐懼感，看著看著會愈來愈入迷，進而走進另一種神祕的領域內……

　　我本身也是一位小小漫畫家，對內褲萌的作品也是深感佩服，能將專業結合專業而產出更專業的東西。嗯……換個簡單的方式講，就是用淺顯易懂的方式，讓一般人更能了解到當醫師的一些趣聞或生活大小事。 如此特別讓他在這個行業中更立下一個里程碑！

　　還有一個重點就是內褲萌畫的慾望女醫角色真的太吸引我啦！！！

　　那完美的胸與完美的臀與完美的臉蛋……讓我好想要每天受傷去醫院報到（誤）。慾望女醫系列也是我一直都有在關注的一個環節，可能自己也是紳（變）士（態）的關係。

　　希望內褲萌在接下來的創作中能帶給大家更多歡笑與知識，我們都期待著也祝福著！雖然私心想要所有漫畫都是慾望女醫為主……哈哈！

　　總之！祝內褲萌新書發售順利！

這是一個在我粉絲團
Nikumon 只有四萬人時另外創造的新粉絲團

　　這個粉絲團是敘述一對醫師姐妹花，琴（Jean）與艾蜜膩（Emini）的醫院生活。琴是妹妹，沉靜冷酷，只愛男男劇情的腐女；艾蜜膩是姊姊，個性爽直少根筋，超愛男色的豪放女。共通點是兩個人都有一對豪乳。相較於粉絲團 Nikumon 是對民眾具有正向教育效果的粉絲團，慾望女醫的劇情則是遊走道德邊緣。很多人問我，為何要創造慾望女醫？

　　我希望創造一個讓人閱讀輕鬆的地方，於是在粉絲團 Nikumon 裡，試圖用幽默去包裝醫學，包裝人性，但這無疑是一項挑戰。因此在早期，我每次發文時都會再三思考，在一項議題當中要如何不去得罪任何一方（不論是醫療人員、病患、病患家屬）。想梗並不難，分寸的拿捏才是最耗費心思的部分。但是事與願違，我每次好不容易創造的圖文總是會出現反對性的留言。我並不是討厭負面質疑的留言，但我當初設立這個粉絲團給自己的期許，

就是要創造一個沒有負面情緒的地方，卻一再遭受打擊。雖然我知道這一個簡單易懂的道理，不同的閱讀者有不同的人生經驗，因此對事情的看法必定是有不同面向。面對高道德標準的人、面對吹毛求疵的人，我不可能讓任何人都快樂，但至少我曾經努力過。

於是，慾望女醫出現了。這裡不是乖乖牌 Nikumon，這裡是腐女與豪放女—琴與艾蜜膩。任何劇情都有可能出現，任何想法都有可能。在這裡我不需要在意社會期待，不需要永遠正向。隱藏了自己的身分，讓創作突破疆界，讓醫院生活提供更多可能性。

意外地，短短時間內，粉絲人數飆漲。琴與艾蜜膩一度快追上 Nikumon 的粉絲人數。琴與艾蜜膩是另一個 Nikumon，是當 Nikumon 累了想休息時，就會躲在她們後面，盡情另一種創作。

艾蜜膩
Emini

擁有可愛的臉蛋加上性感的身材，
個性直率又豪放，
看上眼的小鮮肉絕不放過，
但是可別因此低估了她的專業能力！

琴
Jean

外表冷豔、作風又幹練，
其實體內藏著隨時隨地
套入 BL 模式的強大腐女力，
也是艾蜜膩最可靠的妹妹。

Part 1 令人臉紅心跳的醫學知識

可不要被琴與艾蜜膩的外表迷惑了，
她們身為醫師的專業能力也絕對值得信賴！
嗯……等一下，醫生，
檢查要摸到那個地方是正常的嗎？

球海綿體反射

捏

nikeman
2014.11

今天教大家「球海棉體反射」，主要用於檢測 Spinal shock 影響程度。是一個很簡單的反射孤，只要捏捏①頭

肛門括約肌就會收縮，這是大腦無法控制的。女生方面，就捏捏②帶。效果是一樣的。

脊椎性休克（spinal shock）：在受傷的末端沒有反射及隨意的動作，受傷後就會立即發生此現象，而且是暫時性的，通常 24 小內就會回復。

（資料參考：KingNet 國家網路醫院）

提睪肌反射

摸摸

竹弟

2014.12

今天教大家「提睪肌反射」
受試者平躺後，慢慢輕輕的摸
大腿內側，可以看到陰囊會往
上提喔～

主要是觀察腰椎
第一和第二的神經
功能是否正常

膩膩學姊～
怎麼了？
醫院評鑑的人來了!!
就在後面啊!!!

他們隨身帶著假人，看到醫護人員
就馬上叫你高級心臟救命術
演練一次。

HP ▭▭▭▭

你!來演練
一次 ACLS!
HP ▭▭▭

而且那個假人做
得好帥，是我喜歡
的壞壞型，嗚嗚

沒關係，
等等輪到
我一定沒
問題的!

高級心臟救命術（Advance Cardiac Life Support, ACLS）：由美國心臟學會主導的
會議上，集結國際間醫療與急救專家的知識與實際經驗，改良、修正了許多心肺復甦術
（CPR）及緊急心臟照護（ECC）準則，並推行到世界各地。

（資料參考：美國心臟學會）

學姊!! T^T
　怎麼了小寶貝
　　剛剛我們去做身體檢查的病人

剛剛說他
有長疥瘡　　　　　疥瘡!!

怎麼辦...我們也要長疥瘡了。剛剛護理長發了 γ-BHC 給我一人一條。說全身都要擦

不行啊...這條藥膏...為什麼...還是有其他新藥?

嗯?

只發一條,我光胸部就不夠擦了

(捧)

雷切

疥瘡是由寄生蟲疥蟎所引起的感染症狀,疥蟎寄生在皮膚表層會引發丘疹,嚴重者可能會形成厚痂,有傳染性。圖中提到的 γ-BHC 是常用來治療疥瘡的藥物。

（資料參考：衛福部疾病管制署）

琴 學姊～

嗯？

我 剛剛要去放導尿管，
那個老杯超變態

他 故意在我面前勃起，
還一直晃來晃去

小妞～
嚐嚐老衲
的棒子

我不知道
要怎麼辦

而且他超大的
比我男朋友還大
嗚嗚

你先別哭
學姊去
處理

卍解：出自日本漫畫家久保帶人的作品《BLEACH 死神》，指武器或絕招的最終型態。

疾病的治癒

當醫生有時候靠運氣，很多疾病都是靠自身免疫力．病自己會好，只是需要時間。

病毒です!!

醫生,以上就是我不舒服的地方

這是一般感冒,多休息。給你症狀治療。

再兩天後

看這麼多
醫生都
不會好!
幫幫我啊

我會盡力的

隔天

醫生!
我吃了你
的藥隔
天就好多了!
真是名醫

名醫稱號Get,
可遇不可
求啊。
跟在刷寶
一樣

病毒的另一面

親親小茉莉
我或許沒辦法回家鄉
看我們的兒子一面了

妳就算一個人也要
好好活下去啊

Part 2

不小心就漾出
粉紅光暈的診療間

所謂的腐女就是熱衷於 Boy's Love（BL）的女子，
任何一點可能發展成曖昧的小動作都逃不過琴的法眼！
新來的那個學弟怎麼看都是總受吧……

淋巴結觸診練習

脖子有很多淋巴結，我們可以用觸診檢查淋巴結是否有異常或硬化等等。

用雙手從兩側耳後慢慢摸下來，你們試試看。

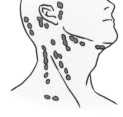

嗯，你的…
好像硬硬的

才…才沒有

嗯啊♥

對了，忘了告訴你們

鼠…鼠蹊部也

也有淋巴…

／結…

唔啊!!

心跳加速的原因

聽心音一定
不能隔著衣服

病人一定要
掀開衣服

穿藍衣服的同學
有沒有聽到什麼（靠近）

拔除引流管

等等幫你拔手術後
放的引流管
醫生...會不會
很痛
每個人感覺
都不太一樣

我會先把固定的
膠布撕開,拆線後
再把你大腿上
的管子拔出。
我們先把褲
子脫掉

(膠布黏在
陰囊上)

Part 2　v 不小心就漾出粉紅光暈的診療間

眼底鏡的使用方法

今天教大家的
是如何使用
眼底鏡

記得用你的右眼
看病人的左眼

他就是琴學姊嗎?
超正的

那边講話
的兩個人,
坐前面!

練習一次眼底鏡

用我的右眼看他的
左眼嗎?跟書上不一樣?

是這樣沒錯

等…等等

你不覺得有點...
太面對面了..應該是我的右眼對 你的右眼吧!

很認真看→

太近了!等一下啦!
快親到了!

學弟們真好騙

克制..
我要克制..

Nikumon 來壁咚

壁 咚!

最近「壁咚」很夯!
嗯~,人總是要表現
煞氣的一面。

壁、　　　咚!　　你幹嘛

擇擇

Part 2 ∨ 不小心就漾出粉紅光暈的診療間

Part 3 容易讓人胡思亂想的女醫生

醫生身材太好，
讓人不知道眼睛要往哪裡看……嗚哇，
不要連講話都這麼引人遐想啊！

給小朋友的貼紙

貼紙在小兒科
是好用的東西,
對小朋友的
吸引很大

小朋友喜好很廣,像我
就有海綿寶寶,皮卡丘
·老皮 的貼紙

我示範一遍,
哇你有乖乖看
完醫生,姊姊
給你貼紙

我這裡有...
喔喔!!
怪叔叔人夫!!

有膩膩的全身檢查免換券
貼紙，膩膩的人體解密教學
免換券貼紙♥

膩膩女友
體驗一日券♥

先別管小孩了
跟我到身體
檢查室吧
小卧哥♥

海「棉」寶寶→海「綿」寶寶

履帶式跑步機心電圖測試

今天幫大家上的是「履帶式跑步機心電圖測試」,用來評估冠狀動脈疾病。就是邊跑步邊做心電圖檢查

有人要試試嗎

膩膩學姊,對不起我遲到了

嗶 嗶 嗶 嗶

帥學弟靠近偵測雷達

堆雪人

好了好了,雪人快堆好了

琴~等等幫我照像... 喔喔喔!!!
有好俊俏的學弟!!! ♥

照「像」→照「相」

語音式冰箱

琴～妳不覺得學弟妹常常放完檢體之後，冰箱都會忘了關好～

嗯？所以呢？所以我想到幫冰箱錄音，只要冰箱沒關好，音樂就不會停

~嗶嗶！
帥學弟
接近！

打開

啊啊～♫
不要把我
打這麼開
啊～♥
♫

林先生,你的胃鏡報告結果....

親愛的,來自拍上傳社群網站
哈哈,好啊

那個...今天會排另一項檢查
來～嗯～預備囉

腰椎穿刺

腰椎穿刺就從背後的腰部
做穿刺,取出脊髓液。

定位病人腰部的下針
處是很重要的步驟

嗯嗯

我找給學弟看。
骼骨兩側中心連線
約是股溝的起點

找背後脊突與
脊突間較軟的
地方是下針點。

不好找的話
就一節一節
往下摸

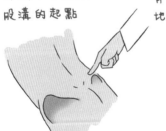

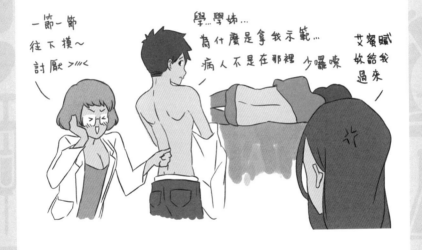

今天跟大家上的
生理檢查是
Finger-nose-finger
測驗

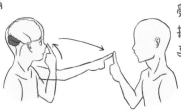

受試者先用手
指點自己的鼻
子,再點對面
的人的手指頭

這主要是測
病人的小腦
協調功能是否
正常

來!學弟!我們
來練習一次。
你是病人

點鼻子

點我的手指

來,再一次

這裡 很好～

最後一次

　　當我聽到編輯姊姊說「來把琴與艾蜜膩出成一本書吧！」的時候，那種驚訝難以言表。一個屬於我的小天地竟然會被編成書，不能再更扯了（笑），很謝謝遠流出版社送給我這樣的禮物。

　　為什麼會將主角設為女性，當初設定時慾望女醫只有一個人——艾蜜膩，代表著醫院這個男性化主導的職場的女性意識崛起。以輕鬆的劇情、誇張的對白，敘述女性醫療人員在醫院奮戰的故事。但只有艾蜜膩似乎有點無聊，於是在設下粉絲團的最後一刻加了一位妹妹給她——琴。以腐女的觀點來吸引女性的觀眾。

　　又或者是女醫師與我本身的性別不同，對於女性多了一股想像，少了對於自身的熟悉感，創作起來更不受拘束，所以我選擇了女性。值得一提的是，在我最後一刻，公布琴與艾蜜膩這個粉

後　　記

絲團的版主其實是男兒身時，粉絲們各種崩潰的樣子。驚訝有，失望有，惱羞成怒也有，少數知情的粉絲跟著我一起哭笑不得。看來大家真的很希望真有這對風趣又迷人的姊妹存在。那一天，共有 321 人取消追蹤，我的天，人數不算少，這 321 人究竟安了什麼心（苦笑）。

最後琴與艾蜜膩也沒有連載了。一方面我熟悉了網路世界，我熟悉了忽略一些事情，熟悉了需要告知真相而不是討好。在我調適好，心情變堅強時，慾望女醫的任務也達成了。又另一方面，Nikumon 的粉絲有愈來愈多戰鬥力堅強的腐女，她們仗義執言，思想前衛，保護了我，讓我可以安心創作，真的很謝謝她們（說到這裡又覺得自己好軟弱哈哈）。我回到了 Nikumon 繼續創作，慾望女醫是一個紀念，是一個心境轉換，感謝琴與艾蜜膩的存在。

Jean & Emini

作者　Nikumon

責任編輯　徐立妍

行銷企劃　高芸珮

美術設計　賴姵伶

發行人　王榮文

出版發行　遠流出版事業股份有限公司

地址　臺北市南昌路 2 段 81 號 6 樓

客服電話　02-2392-6899

傳真　02-2392-6658

郵撥　0189456-1

著作權顧問　蕭雄淋律師

2016 年 02 月 01 日　初版一刷

定價　新台幣 200 元（如有缺頁或破損，請寄回更換）

ISBN：978-957-32-7775-0

遠流博識網：http://www.ylib.com

E-mail： ylib@ylib.com

國家圖書館出版品預行編目(CIP)資料

慾望女醫：琴與艾蜜膩 / Nikumon圖 · 文. --
初版. -- 臺北市 : 遠流, 2016.02
　面；　公分
　ISBN 978-957-32-7775-0(平裝)

855　　　　105000252